REQUESTE DE MONSIEUR LE BARON DE LISOLA.

Presentée à l'Empereur le 4. Octobre 1674.

M. DC. LXXIV.

REQUESTE
DE MONSIEUR
LE BARON
DE LISOLA.

Presentée à l'Empereur le 4. Octobre 1674.

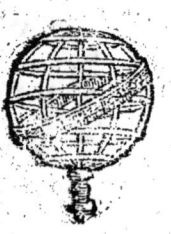

M. DC. LXXIV.

SACRE'E, IMPERIALE, ET ROYALLE MAJESTE', TRES-GRACIEUX SEIGNEUR ET MAISTRE.

Depuis le long-tems que la Providence de Dieu m'a conduit en cette Cour par des voyes tout-à-fait extraordinaires, & m'y a fait trouver par sa bonté un atachement raisonnable, je n'ay point cessé de tascher de rendre de continuels & assidus services à l'Auguste Maison de Vostre Majesté; & j'ay eu le bon-heur de voir la pluspart de mes travaux couronnez par des succez qui ont surpassé mon attente & celle de tout le monde. Je n'aurois pourtant pas la hardiesse de pretendre d'Elle, aucune marque effective de l'agrément qu'elle doit à mon zéle, si je n'estois persuadé qu'il s'agit en cela beaucoup plus de la gloire de Vostre Majesté que de mon intérest. Car si Elle a comblé de ses graces beaucoup de gens qui avoient eu l'honneur de la servir en quelque rencontre particuliére, il semble que cette application infatigable que j'ay depuis tant d'années au bien général de toutes ses affaires, doit me faire attendre de sa justice, aussi bien que de sa générosité quelques biens-faits considérables. La confiance que j'y ay, & le desir de luy donner de nouvelles preuves de ma modération, m'obligent à luy avouer avec d'autant plus de franchise & de liberté, que je me contenterois de la qualité de *Prince de l'Empire*, que je ne voy rien qui puisse luy moins coûter dans un tems où les besoins de ses afaires ne luy permettroient pas de faire des liberalitez extraordinaires, & que personne ne peut nier que je ne mérite mieux ce titre d'honneur que beaucoup de ceux qui l'ont déja obtenu, & qu'aucun de ceux qui y aspirent maintenant. Vostre Majesté le jugera sans doute Elle-mesme, s'il luy plaist de jetter les yeux seulement sur ce qui s'est passé dans l'Europe, depuis qu'Elle a enfin reconnu de quelle importance il estoit à sa gloire & à sa Maison de ne soufrir pas que son *Empire* languist plus long tems dans la molle oisiveté d'une paix, laquelle estant fondée sur des Traitez que l'injustice & la violence firent faire à Munster & à Osnabrug en l'an 1648. sur des constitutions contraires à l'autorité legitime & absolüe de Vostre Majesté, & sur une capitulation forcée & odieuse, ne permettoit pas à Vostre Majesté, de rien entreprendre de grand, ni de sortir jamais d'une espéce d'esclavage honteux ou on l'avoit réduite, sous prétexte d'assurer une fausse & inique liberté & Souveraineté à des Princes & Estats, qui dans le fond ne sont que ses véritables & naturels Sujéts. Lors que Vostre Majesté, fit marcher il y a deux ans, au milieu de l'Alemagne, pour ce glorieux dessein, ses armées toûjours victorieuses, Elle pût bien s'apercevoir des dispositions, que j'avois eu soin de mettre de longue main dans tous les esprits, par mes écrits toûjours invincibles, à luy prester toute la faveur imaginable. Que si les passages & repassages, les marches & contremarches de ses troupes triomphantes ont afligé & ruiné l'Alemagne de tous costez, Vostre Majesté, en a tiré d'autant mieux l'honneur & l'avantage indicible de faire en cela les premiers essais de la déference & de la soûmission de tant de Princes, qui auparavant n'avoient montré en tant de rencontres, que des sentimens rebelles contre leur aimable & tres-gracieux Seigneur & Souverain. Elle voit encore maintenantenant de jour en jour de plus grandes marques de leur respect & de leur obeïssance, c'est à dire de plus grands fruits de mes veilles, & de plus grands effets de la force de mon imagination. Et j'espére de la considération que Vostre Majesté veut bien continuer de témoigner pour mes Conseils, qu'avec l'aide de Dieu, Elle poura bien-tost réduire tous ces Princes aux termes si justes & si équitables d'une plus entiére sujétion, que jamais l'Empereur Ferdinand second, ni aucun de ses autres prédécesseurs n'ont eu le courage de l'imaginer, ou de la prétendre. De sorte que les membres de l'Empire se trouvant aussi soûmis à leur Chef qu'ils le doivent estre, pour le bien commun des uns & des autres, & qu'il est nécessaire qu'ils le soient pour l'interest de la Maison Auguste de Vôtre Majesté, elle y jouira pleinement du pouvoir absolu qui est attaché à sa Dignité Souveraine, de régler selon son bon plaisir toutes les afaires politiques, & de Religion dans l'Empire d'Occident, dont Elle porte le Sceptre & la Couronne, avec autant de bonheur que de gloire. Il ne peut pas me tomber dans l'esprit, que Dieu eust donné à Vôtre Majesté, un guide aussi seur, & un aussi grand instrument que je le suis pour un si bel ouvrage

vrage, s'il n'avoit pas voulu combler cette grace, par celle d'un entier succez dans ce dessein. Vôtre Majesté n'en fera aucun doute, si Elle considére ce que j'y ay déja fait, & les voyes infaillibles que je prens pour achever le reste ; & j'ose dire librement, parce qu'il n'y a personne qui ne le connoisse, que j'ay déja mis les Princes de l'Empire à un tel point, & que j'ay établi de tels fondemens pour borner l'excez de leurs privileges, & toutes ces prérogatives immenses dont ils abusoient, que cette qualité ne semble déja plus rien avoir en soy, à quoy un homme de talens plus ordinaires & plus communs que les miens, ne puisse raisonnablement aspirer. Mais quand il ne seroit pas évident, qu'à mesure que je me suis aproché de ce titre par l'éclat de mes services & de mes mérites, j'ay eu soin de l'aprocher aussi de moy, comme d'un mesme pas, par les insultes que j'ay crû à propos pour la gloire de Vostre Majesté, & pour la satisfaction de sa Cour, de faire à la pluspart de ceux qui le portoient avec tant de faste & de vanité, qu'ils en estoient insuportables à tous les gens de bien, c'est à dire à tous les véritables serviteurs de la Personne Sacrée de Vostre Majesté, & de sa tres-Auguste Maison ; toûjours ne pouroit-on pas nier, quelque élevée que fust cette dignité, que jamais personne n'en auroit esté honoré, qui l'eust méritée par de plus hautes preuves d'un zéle héroique & entiérement desinteressé pour la grandeur de Vôtre Majesté, & pour le contentement de ce grand & victorieux Roy du Perou & du Mexique son neveu, son cousin, & enfin son plus proche parent par mille endroits, & qu'Elle peut espéret d'avoir encore pour beau frere, par le mariage de la Serenissime Archiduchesse sa sœur, si Vôtre Majesté, veut bien, comme je n'en doute point, se conserver, par sa persévérance à continuer la guerre, l'avantage d'une alliance si utile qui luy a esté promise pour l'obliger à la commencer, & à garantir, aux risques & fortunes de l'Empire, les Estats héréditaires des Pays-bas des malheurs dont ils sembloient menacez. Vôtre Majesté, doit faire son compte que j'ay déja pompeusement terrassé, cuit, & fricassé tout ce qui a eu l'impudence de vouloir s'oposer aux projets de mes écrits ; que j'ay mis à quelle lessiue, à quelle sausse, & à quelle capilotade il m'a plû, tout ce qui a paru contre nostre parti ; qu'aprés avoir haché & charcuté nos Adversaires de millions d'injures, j'ay sçû tellement toucher le goust des Crocheteurs mesmes & des Savetiers, & tellement excité l'apétit des Laquais de la Cour de Vostre Majesté, que je les ay intéressez à devorer mes Livres, & à souhaiter d'engloutir tous ces petits poulets fanfarons qui avoient osé *lever la creste jusqu'au Chef de l'Empire*, & jusqu'au Chef & principal de ses Ministres. De plus on ne peut pas nier qu'on n'eust veu presque de tout temps les plus passionnez serviteurs de Vôtre Majesté, & de ses Ancestres, introduire & suivre le pernicieux exemple de se faire des réserves importunes ou d'honneur, ou de conscience, en ce qui regardoit le service, & se former ainsi des prétextes de ne se pas mettre à toute épreuve ; au lieu que pour moy je me suis porté à tout sans distinction; j'ay tout prostitué pour le bien des affaires de Vôtre Majesté. Peut-estre se trouveroit-il bien quelqu'un dans le Conseil de Vôtre Majesté, qui voudroit luy persuader qu'elle ou ses Ancestres n'ont coûtume d'acorder le rang de Prince qu'à ceux qui se sont signalez par les armes. Mais outre que je puis produire beaucoup d'exemples de gens qui y ont esté élevez, sans avoir jamais veu d'ennemis, je puis assurer que personne n'en a jamais tant défait & tant tué que moy. Je ne veux pas dire ici, quoy que je le pûsse avec verité, si je ne craignois pas d'exciter la jalousie de quelques-uns, que j'ay esté l'ame de tous les Conseils de guerre; que j'ay suggeré & conduit tous les desseins de ces glorieuses entreprises, qui ont abatu nos ennemis aux pieds de Vôtre Majesté, & qu'en Holande & en Flandres, & encore plus à Bonne & à Cologne, j'ay donné de la tablature aux Généraux de Vôtre Majesté, & aux Gouverneurs & Officiers du grand Monarque des Espagnes, & que je les ay éclairez sur les choses qu'ils devoient entreprendre. Aussi bien tout cela apartient-il encore aux négotiations & à la dexterité & capacité de l'esprit, dont, pour le bonheur de Vôtre Majesté, personne au monde ne peut me disputer la premiére gloire. Mais je maintiens qu'on ne peut me disputer non plus celle d'avoir fait avec une hardiesse inconcevable, & d'une main victorieuse, des gestes héroiques dans une infinité de combats. Je ne veux pas mettre en ligne de compte tant de petits partis, tant de rencontres, & tant de défaites de convois, où il est constant par toutes les Gazettes de Flandres, de Holande, & d'Allemagne, que j'ay plus fait perdre de gens au Roy de France & à ses Alliez, qu'ils n'en ont jamais pû mettre sur pied, & que je l'ay par conséquent affoibli par la ruine des troupes qu'il n'avoit pas encore levées. Je dédaigne maintenant de si petites choses, dont quelques Gazetiers voudroient peut-estre s'attribuer une partie, & que je n'ay faites que selon les occasions, & selon que je les ay jugées utiles & nécessaires dans de certaines conjonctures pour la réputation des armes de Vôtre Majesté, & de celles du tres-glorieux Roy Catholique. Mais la défaite si importante de l'aisle droite de l'armée commandée par Turenne auprés du Rhin, est incontestablement de mon fait seul, & il ne s'est trouvé personne qui ne m'en ait entiérement déféré l'honneur. Comme je vis l'année passée que Mr de Montecuculi ne vouloit pas rendre ce service si important à Vôtre Majesté avec l'armée qu'il amenoit de Bohéme, je crûs que cela me regardoit, & je fis sans peine & sans resistance ce qu'il n'osoit entreprendre, ne jugeant pas mesme que je dûsse me donner la patience d'atendre que les armées se fussent aprochées à vingt lieuës l'une de l'autre, de crainte que la facilité de cette entreprise en diminuast la gloire. Cette premiére victoire que je remportay a esté suivie de beaucoup d'autres. Pendant que Mr le Prince d'Orange, & Mr le Comte de Monterei s'amusoient l'hyver passé à perdre le tems à regarder inutilement le Duc de Luxembourg, je le livray entre leurs mains, & réussis à le faire prendre prisonnier avec toute sa petite armée, comme Vôtre Majesté l'aura sans doute sçeu, puisque ce succez extraordinaire a sonné si haut dans toute l'Alemagne. Encore que par des traits de sorcier & par la négligence des Holandois, ce petit Duc mal-heureux se soit bien-tost aprés, je ne sçay comment, échapé des Eglises ou je l'avois enfermé avec toutes ses troupes. Cependant, pour ce qui est de moy, j'avois fait tout ce qui se pouvoit faire, & il ne restoit plus aux autres qu'à maintenir jusqu'au bout le bon estat ou j'avois mis les affaires. Mais ce que j'ay fait cet Esté à la bataille de Sintzheim surpasse tout le reste. Mr le Comte de Caprara, assisté de la valeur & de l'experience de Mr le Duc de Lorraine, & du courage de tant de braves Officiers, armez jusqu'aux dens, s'en alla perdre la bataille, nonobstant l'avantage du lieu, où les François ne pouvoient seulement se ranger, si on leur eust disputé, comme il faloit, le terrain, dont on estoit maistre ; il laissa du bagage, des prisonniers, & le champ de bataille, chargé de morts & de blessez, à ces indignes Gavaches de François ; & il ne pût pas empescher le reste de ses troupes de se retirer en desordre, & de se disperser en diférens endroits. Les suites de ce malheur eussent vray semblablement esté terribles si je n'y avois pas porté la main, & si je n'avois pas trouvé le moyen de rectifier un si fâcheux événement. Mais bien loin de laisser les choses en cet estat, comme auroit fait un paresseux, je remis aussi-tost les morts sur pied, & je ramenay les fuyards sur le champ de bataille, & enfin je fis vaincre & trionfer dans mes relations, & dans toutes les Gazettes ceux qui avoient esté battus & chassez prés de Sintzheim. Il est vray que peu de tems aprés la mesme armée invincible de Vôtre Majesté, abandonna un camp avantageux & bien fortifié prés de Ladenbourg, pour se sauver à la haste sous le canon de Francfort, & pour se mettre à couvert au delà du Main : & que ces poltrons de François, que je ne nomme jamais qu'avec horreur, les talonnérent de prés pour dissimuler adroitement les pertes qu'ils avoient constamment faites dans les mémoires & les nouvelles que j'avois fait répandre de tous costez. Une pareille fuite ne se fait guéres sans perte de gens & de réputation, & peut-estre les suites en auroient-elles esté fort à craindre. Mais je ne laissay point de secourir à propos de ma main trionfante les pauvres opprimez, & je suppléay encore cette fois à ce que les Généraux de Vôtre Majesté avoient manqué de faire. En un mot je redressay si bien les choses, qu'il se trouva que cette armée qui croyoit avoir fuy ses ennemis, n'avoit fait tant de diligence que pour les aller chercher du costé où ils n'estoient pas, où pour les attirer finement à une perte indubitable, puis qu'ils auroient certainement crevé à force de courre, s'ils avoient voulu poursuivre nos gens jusqu'au bout. Si mes travaux dignes d'Hercule se sont de la sorte étendus en Alemagne, je n'ay garde d'avoir moins fait pour les Pays-bas de nostre bon Roy Catholique. Comme je prévis assez en m'éloignant de ces quartiers-là que ces malheureux François pouroient bien donner quelque atteinte à l'armée Confédérée; & que j'ay toûjours eu autant de mauvaise opinion de Mr de Souches, à cause de la maudite nation dont il est, que de défiance du Prince de Condé, pour plusieurs raisons; j'ay laissé de si bons ordres & de si bons exemples pour bien battre ce Prince ennemy, quoy qu'il pust faire, & quoy qui pust arriver, qu'on n'a pas manqué le coup à Senef. On luy a laissé adroitement rompre les meilleures troupes de Vôtre Majesté, & défaire toutes celles des Holandois & des Espagnols, enlever les meilleures parties des bagages, quelques pieces d'artillerie, les pontons, prés de six vingt Drapeaux, & prés de quatre mille prisonniers, entre lesquels il y en a quantité de la plus grande considération, par leur naissance & par leurs emplois, afin que la merveille d'avoir emporté de la sorte une rare & signalée victoire sur luy fust d'autant plus fameuse & plus surprenante. C'est ce que mes éléves & disciples ont tres-bien executé; & ils se sont si bien conduits selon mes intentions, qu'ils l'ont batu dos & ventre dans leurs rélations, luy ayant tué tous les siens avec tant de générosité, que des enfans qui n'ont que quatre ou cinq ans, des Mareschaux de France qui estoient à plus de soixante lieues delà, & beaucoup d'Officiers qui n'ont jamais esté en vie, l'ont perdue irremissiblement & sans quartier dans la confusion de ce carnage; comme on l'a fort bien vû dans les Gazettes, sur la verité desquelles on doit d'autant moins avoir de scrupules que j'en fournis souvent les mémoires, & que quelques-uns ont assuré qu'on ne pouvoit pas douter de ma bonne foy, qui se trouve ainsi garantie par des actes autentiques, publics, & imprimez. Que si ce Prince de Condé a eu la confiance de venir se montrer encore une fois à l'armée de Vôtre Majesté, & de ses Confederez devant Oudenarde, encore qu'il n'ait pris la liberté qu'aprés avoir fait resusciter par magie le Duc d'Anguien son fils, le Duc de Luxembourg, & quantité d'autres qui estoient infailliblement morts, afin d'effrayer Mr de Souches & ses Confédérez par le spectacle de ces ombres épouventables, il est bien à croire qu'il n'a suivy nos gens vers Oudenarde, aprés leur avoir donné le tems de l'ataquer durant quelque jours que par pure fanfaronnerie, parce qu'il la croyoit déja prise. Et effectivement elle l'auroit esté beaucoup plûtost dans mes rélations invincibles, si j'avois esté sur les lieux; ou du moins au lieu que mes Disciples se sont contentez en vrais novices peu experimentez, de faire presenter le combat au Prince de Condé par Mr de Souches, & de le faire éviter par ce Prince dans leurs

relations,

relations, je n'autois pas laissé échaper cette fois-là ce Prince à si bon marché dans les miennes, & je l'aurois défait à plate couture, & peut-estre mesme l'aurois-je tué pour quelque temps, avec tous les autres Officiers de cette maudite armée Françoise, selon l'humeur qui m'auroit pris de faire de plus ou moins valeureuses actions, pour le service de Vôtre Majesté, & pour tenir les Flamans dans les dispositions nécessaires pour *l'Auguste Maison*. Je n'aurois pas non plus laissé revenir Mr de Ruiter & Mr Tromp sans rien faire, si je m'estois trouvé en leurs quartiers; & ils auroient esté bien étonnez en arivant dans leurs ports de Holande & de Zélande, d'y aprendre que les Isles & les Places qu'ils auroient crû par leur simplicité avoir laissées entre les mains des François, eussent esté prises par mes soins. Au lieu qu'ils ont imprudemment laissé connoistre que la Cavalerie & l'Infanterie qu'on avoit fait embarquer avec eux estoient entiérement peries, par la rigueur & les incommoditez & les miséres d'une si longue navigation, ou par la fureur & la temerité injuste & cruelle, avec laquelle nos ennemis ont osé défendre leurs costes, j'aurois si bien fait par mon adresse, & par mon courage intrepide à avancer & à soûtenir ce qu'il me plaist, qu'on eust eu un beau matin des avis certains de ma façon, que toutes ces troupes auroient esté laissées en garnison dans les Ports & dans les postes importans qu'elles auroient occupez en France & dans l'Amérique, & qu'on eust ordonné en Holande des festes & des réjouissances, pour de si grandes & de si utiles conquestes, qui auroient esté d'autant plus à estimer qu'on les auroit faites, sans que les Chefs qu'on avoit envoyez pour cela s'en fussent meslez, & sans qu'ils s'en fussent mesme aperçûs. Enfin puisque j'avois persuadé la pluspart du monde, que cette double armée navale devoit executer quatre entreprises également infaillibles, on auroit bien vû qu'il estoit de mon honneur qu'on ne vinst pas à s'imaginer qu'aucune eust manqué; & tel mouvement de zéle auroit pû me prendre, que j'en aurois fait réüssir dans mes écrits jusqu'à dix ou douze, selon le besoin qu'on en eust pû avoir, pour contenter les peuples de Holande, & pour empescher qu'ils ne se rebutent de fournir presques seuls aux frais immenses de cette guerre, qu'il est si important à Vôtre Majesté d'entretenir, tant qu'Elle recevra des subsides d'ailleurs, & qu'Elle aura d'aussi puissans Alliez unis avec Elle contre la France, qu'elle en a maintenant. Mais je ne puis pas estre par tout; & des Ministres aussi éclairez & aussi agissans que moy estant toûjours rares, il ne faut pas s'étonner que Vôtre Majesté n'en ait pas quatorze à la douzaine, & que je sois seul comme le Phenix. C'est cependant un malheur de ce que je ne puis pas me trouver en mesme temps en mille lieux. Car lors que la venuë d'un Ambassadeur de Suede, auquel il importeroit que nous pussions susciter des enchantemens d'Armide, pour luy faire voir & apréhender des Spectres capables d'arrester toutes les resolutions de son Maistre, ou quelque autre besoin semblable des affaires de Vôtre Majesté, me fait appeller à sa Cour, on s'aperçoit aussi-tost en plusieurs endroits à quel point je serois necessaire en chacun, pour y soûtenir la réputation des armes de Vôtre Majesté, pour y tourner le mal en bien, & pour y réparer à mon ordinaire tous les tristes évenemens par la hardiesse inimaginable, & par la constance plus qu'heroique avec laquelle je sçay ordinairement contraindre la Renommée de se servir de ma plume seule pour voler, & de joindre sa voix à la mienne pour étouffer en differens pays celle de la vérité, & mesme celle de la vraisemblance, qui se plaist trop souvent à parler pour la méchante cause. Mais quoy que je ne puisse pas estre par tout, Vôtre Majesté, pour considérer l'importance de ce que j'ay fait, & de quel poids ont esté dans les affaires du monde ces partis François, que j'ay si fréquemment rompus & si à propos, cette aisle droite que je défis au commencement de la Campagne, & ces victoires de Sintzheim & de Senef que j'ay remportées, & qui sont de véritables fruits de mes seules veilles & de mon seul courage. C'est par ces succez tout-à-fait extraordinaires que je retiens les Rebelles de Hongrie, & les Protestans & Héretiques de Silesie, & des autres Estats de Vôtre Majesté, en quelque crainte & en quelque mesure, jusqu'à ce qu'Elle soit en estat de les faire tous pendre ou chasser librement & selon son bon plaisir: Que je tiens les Flamans en humeur de sacrifier leur repos, leur fortune, leur vie, & tous leur pays à la satisfaction des Espagnols qui les ont jettez si gaiement dans le feu de la présente guerre: Que je conserve les Holandois dans la bonne volonté de continuer de perdre leur commerce & de fournir des subsides infinis à Vôtre Majesté, & à tant d'autres Princes qui se moquent d'eux en les recevant, & que je les empesche de s'apercevoir que la tres-Auguste Maison de Vôtre Majesté, par une sagesse profonde a trouvé un meilleur moyen de se vanger de leur rebellion; par les nouvelles alliances qu'Elle a faites avec eux, que par tous les efforts & tous les artifices dont Elle avoit continuellement tenté depuis un siécle de les anéantir: Que j'inspire à plusieurs Princes de l'Empire l'envie de profiter de la bonne fortune de la Maison Auguste de Vôtre Majesté, & de prendre part aux avantages que ses armes victorieuses remportent sans cesse sur ses ennemis dans toutes les Gazettes: Que je tiens cependant les Suédois en échec, & que je les empesche d'oser soufler ni de crier avant que ce temps si souhaité & si prochain de les écorcher soit venu: Et c'est enfin de cette sorte que je fais porter l'éfroy & la terreur jusqu'au cœur de la France, & que je trouve moyen de faire remplir les papiers de nouvelles à la main qu'on doit envoyer de ce Pays-là en Alemagne, de prognostiques terribles contre cette tirannique nation, qui refuse si obstinément de contribuer à mettre toutes les autres sous le doux & juste joug *de la Maison Auguste.* Cependant quoy que je ne cesse point d'augmenter ainsi de jour à autre les preuves signalées de mon zele pour sa grandeur & pour sa gloire, Vôtre Majesté me laisse toûjours ramper dans un mesme estat de bassesse indigne d'Elle & de moy, & mes nouveaux services ne m'attirent jamais de nouvelles graces. Je languis dans ma vieillesse avec le titre *de Baron*, qu'il a plû à Vôtre Majesté de me conferer dés le tems de mes vertes années, & que la Serenissime Imperatrice, tres-Auguste Mere de Vôtre Majesté, tout ce qu'il y a d'Italiens prés d'Elle, & generalement tous ceux de cette sage nation qui m'ont déja connu, m'ont donné de tout temps, n'y en ayant eu pas un qui dés ma tendre jeunesse ne m'ait traité en sa langue *de Barone*, & mesme de *Baronaccio*, ce qui est encore plus. C'est pour cela que mon Apologiste, dont le discernement & la justesse d'esprit paroit admirable en tout ce qu'il écrit, m'appelle si souvent *le Baron* ou *Mr le Baron* par excellence, & sans me nommer autrement, parce que les fréquens voyages qu'on fait de toute l'Europe en Italie ne permettent presque à personne d'ignorer que je suis naturellement & essentiellement *Barone*, & beaucoup plus *Baron* que tout autre. Mais quand Vôtre Majesté m'auroit donné cette qualité à pur & à plein, au lieu qu'à proprement parler, Elle n'a fait en cela que confirmer ce qui m'apartenoit dés ma naissance, je la supplie de considerer qu'estant jaloux de mon honneur, comme je suis, en ce qui regarde les titres, si j'avois dû conserver celuy-là je n'aurois pas dû contribuer à le rendre si commun que Vôtre Majesté le sçait, ni l'obtenir d'Elle pour un si grand nombre de Chanceliers & de Docteurs, à qui j'en ay promis ou fait déja donner des Lettres, que la pluspart n'osent faire voir, & cachent encore au fond de leurs cofres, comme le prix secret des Conseils interessez, par lesquels ils ont porté leurs Maistres à preferer par la guerre le soin des affaires de Vôtre Majesté, & de sa tres-Auguste Maison, à celuy de moyenner la paix dans l'Empire, & dans toute la Chrestienté; & par lesquels ils ont engagé ces bons Princes à abandonner le Gouvernement de leurs propres Estats pour aller aux dépens des Holandois, aux risques de leurs propres Sujets, & à la ruine de tant d'autres, tascher de mettre toute la France hors d'estat de les assister dans les occasions contre les justes desseins que Vôtre Majesté conduit avec tant de prudence, de leur oster enfin, entierement le petit reste de cette liberté & de cette souveraineté qu'ils avoient usurpées contre tout droit, & contre toute raison, au préjudice de Vôtre Majesté, & pour le malheur de toute l'Alemagne. Vôtre Majesté jugera sans doute qu'il n'est pas équitable qu'un homme de ma sorte demeure *Baron*, parmy l'infinité de Barons qui vont paroistre, outre ceux que l'on connoît déja; & que si des Marchands ont refusé ce titre, ou parce qu'ils le voyoient porté par beaucoup de gens avec qui ils ne vouloient point souffrir de comparaison, ou parce que la médisance publique sur plusieurs choses que j'ay répanduës dans le monde pour les interests de Vôtre Majesté, & qui sont au dessus de leur portée & de l'intelligence commune des esprit vulgaires, leur a persuadé que les Barons Marchands ne pouroient pas conserver de credit dans le commerce, lors que les Barons Ministres le perdoient entiérement dans les affaires publiques, j'espére que Vôtre Majesté trouvera qu'il est de son service de me donner une autre qualité que celle dont tant de gens se reconnoissent indignes tant qu'ils m'en voient revestu. Si Mr. Sporck, quoy qu'il soit Alemand, & qu'il n'ait pas dans les armées cette premiére autorité, & ce commandement absolu qu'il a plû à Vôtre Majesté me laisser dans les négotiations, a néantmoins obtenu le titre de *Comte*, je ne croy pas qu'elle puisse me faire moins que *Prince*, puisque j'ay l'avantage si considérable dans sa Cour de n'estre point né Alemand, mais étranger & sujet de sa Maison. Mr de Montecuculi qui a receu du juste & pieux Roy Catholique une Principauté au Royaume de Naples, pour le service qu'il luy rendit l'année passée en optimant un Electeur & quelques Princes de l'Empire avec les armes de Vôtre Majesté, n'avoit pourtant osé ataquer ni aisle droite ny aisle gauche de l'armée du Turenne, que je ne hésitay pas un moment à défaire par un recit particulier, où je n'oubliay aucune circonstance de cette victoire, aussi-tost que je le jugeay à propos; & tout Duc qu'est Mr de Bournonville, & tout Comtes que sont Mr de Caprara, & Mr de Souches, s'il ne s'estoit fait que ce qu'ils ont fait, & si je n'avois rien fait de plus qu'eux, tout le monde sçauroit qu'ils ont perdu de grandes batailles dont Vôtre Majesté ne doit la gloire & la réputation qu'à moy seul. Ainsi je puis dire sans vanité que les titres qu'ils portent me sont dûs, & que j'en merite de plus grands. Si je suis si malheureux que Vôtre Majesté ait quelque peine à me donner celuy de Prince, Elle peut demander conseil sur ce sujet, & je ne doute pas qu'elle n'y prenne ensuite la meilleure & la plus pronte résolution que je puisse souhaiter, pourveu que contre son interest, & contre toute raison elle n'y aille pas apeller de ces Alemands nez dans l'Empire, qui ont toûjours dans l'esprit & dans le cœur quelques principes contraires à la juste autorité de Vôtre Majesté, & qui sont trop grossiers pour en bien concevoir toute l'étenduë, mais des étrangers ou des sujets de sa Maison, qui sont nez non seulement avec la connoissance & tous les sentimens de la soumission parfaite qu'ils doivent à la Souveraine & absoluë puissance de Vôtre Majesté, mais aussi avec une jalousie naturelle contre tous ceux qui affectent une plus grande liberté qu'eux en Alemagne, c'est à dire en un mot, pourveu qu'Elle ait la bonté de se raporter de cela, comme Elle fait de tant d'autres choses à Mr l'Ambassadeur de Nostre bon & juste Roy Catholique, à Mr O. & à Mr A. qui meritant tous les jours par quelques services de la nature

de ceux

de ceux que je rens de nouvelles marques de la reconnoissance de Vôtre Majesté, n'auront garde de s'opposer à celles qu'elle voudra me rendre pour des desseins dans lesquels ils appuient & soûtiennent mon zéle avec autant de succez qu'il y a paru dans la généreuse entreprise contre l'Evesque de Munster, dans celle de l'enlevement du Prince de Furstenberg, & dans quelques autres qui ne sont point encore comparables à celles que nous méditons. Comme ce sont gens qui ont pour la grandeur de Vôtre Majesté, toute la passion requise, j'espére qu'ils luy représenteront, que si Elle m'a donné un pouvoir absolu d'en user selon qu'il me plairoit, à l'égard des Princes de *son Empire*, & cédé pour un temps l'usage de l'autorité qu'Elle doit avoir sur eux, afin que je la luy rende en meilleur estat, & qu'en bon serviteur je fasse valoir le talent, Elle me doit bien du moins le titre de ceux qu'Elle a soûmis à mes réprimandes, à mes ordres, & à mes corrections; & peut-estre mesme jugeront-ils d'assés bon exemple que Vôtre Majesté, ne me donne pas seulement ce titre, mais qu'Elle m'en confére l'effet & l'essence, en me donnant quelque Principauté. Jamais Empereur n'en a tant eu à sa disposition qu'Elle va en avoir maintenant de plein droit, aussi-tost qu'Elle aura un peu ses coudées plus franches en Alemagne, aprés en avoir chassé les Suédois, & éloigné ces malheureux François. Car il est certain que tous les Princes qui ont signé cette ligue du Rhin, que j'ay fort bien remarqué avoir esté *le chancre qui a rongé la liberté Allemande*, tous ceux qui ont quelque traité avec des Estrangers sans l'aveu & le consentement de Vôtre Majesté, pour quelque cause que ce puisse estre; tous ceux qui ont eu l'insolence d'armer, ou d'écouter quelques propositions ou d'en faire aucunes sans en avoir auparavant sa permission, ou celle qu'ils devoient me demander, & que je pouvois leur accorder de la part de Vôtre Majesté; tous ceux qui ont parlé à contretemps & en mauvais sens, d'instrumens de la paix, de constitutions de l'Empire, & de Capitulation, & tous leurs descendans, successeurs, ou héritiers sont *ipso facto*, & sans autre déclaration, déchus de tous les fiefs qu'ils tiennent de Vôtre Majesté, comme Chef Souverain de l'Empire, & qu'ils meritent estre privez de tous leurs droits, priviléges, & prérogatives, & de la vie mesme, & estre retranchez comme membres pourris & gangrenez du corps sacré de l'Empire, souverainement & absolument gouverné par *la Maison Auguste* à qui il apartient légitimement. C'est ce que j'ay si bien établi dans mes écrits qu'on ne peut plus en douter, aprés estre demeuré d'acord des principes dont il est si aisé de tirer ces conséquences. Il est donc constant que rien ne peut effacer les crimes de félonnie & de rebellion que tant de Princes ont encourus en tant de rencontres & en tant de maniéres; & tout ce que quelques-uns d'eux peuvent faire maintenant pour rafermir cette puissance absolue de Vôtre Majesté, qu'ils ont combatue autre-fois, ne doit point

D

donner d'autre sentiment à Vôtre Majesté à leur égard, que de ne pas laisser échaper l'occasion de la munir & de la fixer de telle sorte, & avec tant de précaution contre eux, qu'ils ne puissent plus jamais y donner aucune ateinte, ni en troubler en aucune maniére les souveraines dispositions. Vôtre Majesté le peut faire aisément en transferant leurs Principautez à ses plus ardens Ministres, & à ses plus passionnez Courtisans, entre lesquels personne ne peut nier que je tiene le premier rang. Et j'ose dire qu'Elle fera plus pour Elle que pour moy, en me conférant le titre de Prince, & encore plus en me donnant quelque Principauté, puisqu'Elle me donnera de la sorte les moyens infaillibles de contribuer avec beaucoup plus d'efficace à réduire à nostre point les autres Princes, & le courage de continuer avec plus de zele que jamais, de me signaler sur tous ses autres serviteurs dans des voyes extraordinaires d'avancer sa satisfaction, & son service. Je couvriray plus que jamais d'oprobres toute la maudite nation Françoise, & j'exciteray contre Elle avec des termes plus odieux que je n'ay fait jusqu'à present la haine, & le mépris de toutes les autres. Quand je ne pouray blasmer les actions de son Roy, j'en Blasmeray les intentions, & quand je ne pouray m'empescher de loüer en luy des qualitez qui frapent les yeux de tout le monde, je me serviray de l'aveu que j'en feray, pour m'insinuer d'autant mieux à le rendre suspect d'ambition & de convoitise. Je l'acuseray d'avoir commencé la guerre quand nous jugerons à propos de rompre les premiers la paix, & d'estre cause de tous les maux que nous aurons esté obligez d'attirer en Alemagne pour l'interest de Vôtre Majesté, & pour le profit de sa tres-Auguste Maison. Je feray voir clairement que tous les Alliez & amis de ce Roy seront des seditieux, des rebelles, des ennemis de leur patrie & du repos public; & afin d'y aller plus viste, & de ne point perdre de temps aux formalitez, je ne m'amuseray point à d'autres preuves que de le repeter sans cesse en cent façons, & je ne toucheray jamais les questions au fond, puisque cela m'a déja si bien réussi dans mon *Bouclier d'Estat*, de crainte que trop d'exactitude fasse naistre des scrupules dans les esprits foibles. Si quelqu'un ose me contredire, & est si téméraire que d'écrire quelque chose qui me déplaise, & d'avancer quoy que ce soit qui choque mon sens, ja le couvriray de millions d'injures; je me serviray de toutes celles qui sont en usage, & j'en inventeray de nouvelles à milliers; & comme la plus grande baterie d'artillerie en démonte & en fait taire une moindre, je le confondray d'abord par une si terrible décharge d'invectives, qu'il ne poura jamais rien répondre qui égale ce que j'auray avancé, ni faire distinguer la vérité d'avec le mensonge au travers du feu & de la fumée continuelle de mes reproches. Je doubleray la doze de ce que j'ay éprouvé tant d'autres fois, capable de toucher le goust du peuple, & d'amuser le plus grand nombre de gens. Je n'épargneray pour cela ni proverbes triviaux, ni quolibets comiques, ni basses turlupinades, ni allusions grossiéres, ni fausses & tortues allegations, ni aucunes figures quelque extraordinaires qu'elles soient, ni sur tout les lieux communs les plus vulgaires ; & pour ne rien perdre, de crainte de dire peu de choses s'il faloit se renfermer dans les bornes de la simple vérité ou de la vraisemblance, je m'abandonneray dans mes écrits à la chaleur de mes passions, & à la vaste étendue de mon imagination, sans permettre jamais au bon sens ni au jugement de s'en mesler ; puis qu'aussi bien la plufpart des gens n'en aportent guéres à examiner ce qu'ils lisent, & qu'il ne s'agit souvent que de crier plus que les autres pour avoir les aplaudissemens du théatre. Sur tout je ne laisseray jamais la gloire à ces malheureux François d'avoir jamais rien fait de bien. Je leur feray perdre sur le papier les victoires qu'ils auront remportées en pleine campagne. J'effaceray avec ma plume triomfante tout ce qu'ils auront jamais fait de beau l'épée à la main. S'ils rendent des Provinces entiéres je feray bien comprendre au monde qu'ils ne le font que par intéreſt & par ambition ; & s'ils ont secouru Vôtre Majesté, je montreray mieux que jamais qu'ils ont combatu malgré eux & desobei en cela à leurs ordres ; que le grand & pieux Roy Catholique pour qui nous sacrifions aujourd'huy l'Empire de Vôtre Majesté, a bien mieux fait de ne pas aider Vôtre Majesté d'un sol ni d'un seul homme contre le Turc en Hongrie, non plus que les Venitiens en Candie, ni les autres Princes Chrestiens, qui ont eu guerre contre l'Empereur Ottoman, ou qui l'ont aprehendée ; & que c'est par cette raison que nous sommes d'autant plus obligez à défendre ses Provinces ou à l'assister dans ses desseins contre la France. Quand le Conseil de Vôtre Majesté, jugera à propos d'extirper les Hérétiques de ses Estats, ou d'en oster les principaux & plus considérables Seigneurs, selon la maxime de celuy qui d'un baston abatoit les fleurs les plus élevées d'un jardin, pour monstrer le moyen de régner seurement, je fourniray des raisons pour entreprendre leur perte, & des moyens pour l'exécuter. Si les Grands de quelqu'vn des Pays héréditaires veulent prétendre des privileges & des exemptions, & se fonder sur des capitulations, & sur des prérogatives selon le pernicieux exemple des Princes de l'Empire, pour se réserver quelque espece de liberté, je les accuseray de toutes sortes de crimes dont je promets de les convaincre, pourveu que Vôtre Majesté, donne le soin à Mr A. de les examiner ; & pour faire le coup double, je rejetteray en mesme temps sur la France les crimes dont on les acusera, & la rendray coupable de tout les soupçons que la sage politique d'Espagne aura inspirez à la Cour de Vôtre Majesté. Je feray que le Domaine de Vôtre Majesté croistra infiniment par les confiscations, son autorité par des exemples d'une rigueur inflexible, & le bonheur de ses Estats héréditaires par la ruine des Estats de l'Empire.

Quand il ne conviendra pas à Nostre tres-grand, & tres-bon Roy Catholique qu'il y ait de paix dans l'Alemagne & dans l'Europe, j'en traisneray les négotiations par mille délais; je les préviendray par des ligues qui en rendront le succez presque impossible, je les rompray par des violences qu'il me sera aisé de justifier avec la force de mon esprit & de mon éloquence. C'est par les ressors secrets & inconnus de cette divine éloquence, que je promets d'endormir le corps Germanique au bruit de mes exclamations, & de luy tourner les yeux & les pensées ailleurs, & enfin de le contenter lors que le Conseil de Vôtre Majesté, jugera utile ou nécessaire pour sa grandeur, de ruiner quelque Electeur ou autres membres de son Empire, de s'emparer des Villes libres, de traiter en ennemis tous les Princes qui ne connoissant pas assez l'obligation indispensable qu'ils ont de suivre les mouvemens de leur Souverain Seigneur & Maistre, prétendront de demeurer neutres; de les contraindre à faire des Traitez qui les remettent dans la sujétion & dépendance naturelle ou ils doivent estre à l'égard de Vôtre Majesté, de ne ratifier & de n'observer dans ces mesmes Traitez que les articles qui seront à son avantage, & enfin de se prévaloir de la parole sacrée de Vôtre Majesté, pour atraper sagement ceux qui auront l'imprudence de s'y fier, quand ils auront eu l'insolence de choquer quelqu'un des Ministres de Vôtre Majesté. Quoy que le Conseil de Vôtre Majesté ordonne ou aprouve, je fourniray des raisons infaillibles pour le justifier au monde, ou du moins je le sçauray embrouiller de tant de faits suposez, de tant de questions embarassantes, de tant de figures pathetiques, qu'on ne sçaura plus par quel bout s'y prendre pour y rien connoistre. Mais, ce qui importe davantage, je fourniray des gens qui executeront sur la ville de Liege le dessein si necessaire que feu M. le Comte de VVarfusé, de bonne memoire, ne put pas y achever avec autant de bonheur qu'il avoit eu de sagesse & de courage à l'entreprendre il y a quelques années, & que la corruption des mœurs du Païs, & les cabales injustes des Magistrats m'empescherent encore tout de nouveau, il y a quelque mois de faire réussir. Je donneray des ouvertures & des instrumens pour avoir le mesme succez dans toutes les autres Villes libres, où il importera de mettre des garnisons de Vôtre Majesté, & d'y faire subsister ses troupes; & pour faire sur ceux des Princes de l'Empire, qui feront la moindre difficulté de se ranger humblement à leur devoir, ce que feu M. Kette a si malheureusement manqué à Munster: Et en un mot, non seulement, je fourniray des conseils infaillibles, & des soins assidus pour affermir la Souveraine puissance de Vôtre Majesté dans son Empire, ce que nous touchons déja du bout du doigt, & ce qui n'a plus besoin de grands efforts; mais je rendray tellement au centuple à l'Auguste Maison de Vôtre Majesté ce que je luy devray de grandeur & d'élevation, que je n'auray point de repos qu'on ne

la voye

la voye par mon travail & par mon induſtrie dans une plaine joüiſſance de la Monarchie univerſelle, ſelon les deſſeins de Charles-Quint, & de Philippes II. que leurs généreux ſucceſſeurs au milieu des pertes qu'ils ont faites, tant que je n'eſtois pas employé à leur ſervice, n'ont pourtant jamais perdus de veue, ni deſeſperé de conduire à la bonne & heureuſe fin, à laquelle nous voyons maintenant par une viciſſitude heureuſe des affaires de ce monde, de ſi grandes & ſi infaillibles apparences. Que ſi cependant, il arrive par l'opoſition bigeare d'un deſtin contraire, que Vôtre Majeſté vienne à ſe trouver embaraſſée dans de longues & méchantes affaires ſur de ſi bonnes & ſi faciles eſperances, & que Dieu ne veuille pas ſeconder tant de ſi grands & ſi glorieux projets, toûjours aura-t'Elle le bonheur incomparable de ſçavoir qu'Elle a en moy *un Caton*, qui les aura approuvez, & qui ne ceſſera jamais de les louer avec les expreſſions les plus pompeuſes & les plus magnifiques,

www.ingramcontent.com/pod-product-compliance
Lightning Source LLC
Chambersburg PA
CBHW061435170626
46811CB00005B/2289
* 9 7 8 2 0 1 9 5 2 7 9 1 4 *